Ensino Fundamental

MATEMÁTICA e PORTUGUÊS

RESPOSTAS NA ÚLTIMA PÁGINA.

1. Circule os números **menores que 1**:

0,73	1,70	0,8	1,5	2,5	0,25	1,5	0,9	1,01	0,01

2. Escreva, nos espaços, os números abaixo em **ordem decrescente**:

1	0,15	0,12	0,50	0,18	0,95	0,75	0,25	0,10	0,80

3. Escreva, nos espaços, os números abaixo em **ordem crescente**:

0,45	2	0,30	0,13	0,60	0,25	0,77	1,8	0,38	1

4. Marque a representação fracionária correspondente a cada número decimal:

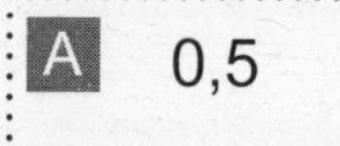

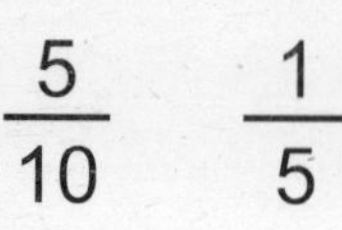

A 0,5	B 0,3	
$\frac{5}{10}$ $\frac{1}{5}$ $\frac{1}{10}$	$\frac{1}{3}$ $\frac{3}{10}$ $\frac{2}{3}$	

C 0,25	D 0,8	E 0,45
$\frac{1}{25}$ $\frac{25}{100}$ $\frac{25}{10}$	$\frac{1}{8}$ $\frac{8}{100}$ $\frac{8}{10}$	$\frac{45}{100}$ $\frac{1}{45}$ $\frac{45}{10}$
F 0,12	**G** 0,2	**H** 0,4
$\frac{12}{10}$ $\frac{1}{2}$ $\frac{12}{100}$	$\frac{2}{5}$ $\frac{1}{5}$ $\frac{3}{5}$	$\frac{5}{25}$ $\frac{3}{5}$ $\frac{2}{5}$
I 0,6	**J** 0,75	**K** 0,03
$\frac{3}{5}$ $\frac{4}{5}$ $\frac{2}{5}$	$\frac{75}{100}$ $\frac{75}{10}$ $\frac{75}{5}$	$\frac{3}{10}$ $\frac{30}{10}$ $\frac{3}{100}$

1. Resolva as contas de **adição**. Lembre-se: vírgula sempre embaixo de vírgula.

A
$$\begin{array}{r} 0,9 \\ +\ 0,5 \\ \hline \end{array}$$

B
$$\begin{array}{r} 0,4 \\ +\ 0,6 \\ \hline \end{array}$$

C
$$\begin{array}{r} 0,7 \\ +\ 0,8 \\ \hline \end{array}$$

D
$$\begin{array}{r} 0,3 \\ +\ 0,5 \\ \hline \end{array}$$

E
$$\begin{array}{r} 1,5 \\ +\ 0,8 \\ \hline \end{array}$$

F
$$\begin{array}{r} 1,9 \\ +\ 0,5 \\ \hline \end{array}$$

G
$$\begin{array}{r} 2,5 \\ +\ 2,5 \\ \hline \end{array}$$

H
$$\begin{array}{r} 3,5 \\ +\ 0,8 \\ \hline \end{array}$$

I
$$\begin{array}{r} 4,5 \\ +\ 8,4 \\ \hline \end{array}$$

J
$$\begin{array}{r} 3,5 \\ +\ 8,3 \\ \hline \end{array}$$

K
$$\begin{array}{r} 6,2 \\ +\ 7,4 \\ \hline \end{array}$$

L
$$\begin{array}{r} 10,5 \\ +\ 0,7 \\ \hline \end{array}$$

M
$$\begin{array}{r} 20,5 \\ +\ 0,2 \\ \hline \end{array}$$

N
$$\begin{array}{r} 16,8 \\ +\ 9,0 \\ \hline \end{array}$$

O
$$\begin{array}{r} 24,6 \\ +\ 5,4 \\ \hline \end{array}$$

P
$$\begin{array}{r} 48,2 \\ +\ 51,8 \\ \hline \end{array}$$

Q
$$\begin{array}{r} 61,4 \\ +\ 14,5 \\ \hline \end{array}$$

R
$$\begin{array}{r} 54,9 \\ +\ 0,3 \\ \hline \end{array}$$

1. Resolva as contas de **adição**. Lembre-se: vírgula sempre embaixo de vírgula.

A	B
0,5	0,8
+ 1,7	+ 2,3
2,0	1,2

C	D	E	F
5,4	12,3	22,7	56,2
+ 7,5	+ 0,8	+ 3,4	+ 15,4
6,0	3,5	12,3	23,6

G	H	I	J
72,6	192,6	99,50	82,60
+ 3,2	+ 110,2	+ 0,84	+ 17,50
11,7	15,4	13,80	0,24

K	L	M	N
5,00	216,0	87,2	0,05
+ 45,20	+ 26,2	+ 19,7	+ 2,60
0,74	1,9	4,8	1,96

O	P	Q	R
0,562	0,54	0,786	10,000
+ 12,400	+ 16,50	+ 10,002	+ 9,534
32,560	9,26	1,120	0,013

1. Resolva as contas de **subtração**. Lembre-se: vírgula sempre embaixo de vírgula.

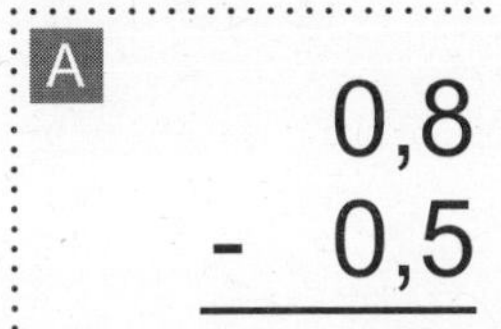

A
  0,8
- 0,5

B
  1,5
- 0,7

C
  2,4
- 0,8

D
  6,3
- 4,2

E
  7,6
- 5,8

F
  4,0
- 1,8

G
  9,0
- 5,4

H
  36,5
- 5,7

I
  28,6
- 13,4

J
  45,2
- 34,8

K
  53,0
- 29,8

L
  76,500
- 5,324

M
  64,300
- 8,347

N
  29,378
- 9,264

O
  82,93
- 67,55

P
  48,00
- 19,45

Q
  30,586
- 15,312

R
  78,600
- 54,314

1. Observe o exemplo. Depois, complete os espaços, em cada caso, com as outras formas de escrever a **porcentagem**.

$$50\% = \frac{50}{100} = 0{,}50$$

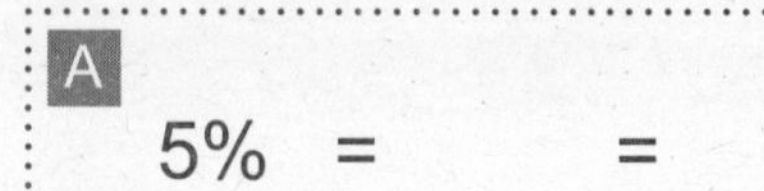

A 5% = =	B 8% = =
C 12% = =	D 15% = =
E 25% = =	F 34% = =
G 42% = =	H 56% = =
I 81% = =	J 63% = =
K 48% = =	L 95% = =

2. Observe o exemplo. Depois, escreva a **porcentagem** correspondente a cada questão:

2 em cada 10 professores = 2/10 = 0,2 = 0,2 x 100 = **20%**.

A 8 em cada 10 crianças = ______

B 20 em cada 100 estudantes = ______

C 50 em cada 100 flores = ______

D 10 em cada 50 atletas = ______

E 25 em cada 50 oportunidades = ______

F 15 em cada 100 eleitores = ______

G 30 em cada 1.000 participantes = ______

1. Observe os passos de **1** a **7** no exemplo abaixo. Depois, faça o mesmo para as outras **porcentagens**:

	1	2	3
55% de 40 →	55% x 40 →	$\frac{55}{100}$ x 40 →	$\frac{55 \times 40}{100}$ →
4	5	6	7
$\frac{2.200}{100}$ →	2.200 ÷ 100 →	22 →	**55% de 40 = 22**

A	1	2	3
10% de 800 →			
4	5	6	7

B	1	2	3
10% de 70 →			
4	5	6	7

C	1	2	3
10% de 250 →			
4	5	6	7

D	1	2	3
20% de 200 →			
4	5	6	7

1. Converta quilômetro (**km**) em metro (**m**). Lembre que 1 km = 1.000 m.

A 5 km = ______________ m

B 10 km = ______________ m

C 50 km = ______________ m

D 100 km = ______________ m

E 8,5 km = ______________ m

F 20,25 km = ______________ m

G 9,672 km = ______________ m

H 80,654 km = ______________ m

I 9,786 km = ______________ m

J 250 km = ______________ m

K 1,961 km = ______________ m

L 19,54 km = ______________ m

2. Converta metro (**m**) em centímetro (**cm**). Lembre que 1 m = 100 cm.

A 10 m = ______________ cm

B 25 m = ______________ cm

C 18 m = ______________ cm

D 15 m = ______________ cm

E 1,82 m = ______________ cm

F 1,64 m = ______________ cm

G 2,42 m = ______________ cm

H 30,55 m = ______________ cm

I 53 m = ______________ cm

J 3,945 m = ______________ cm

K 0,50 m = ______________ cm

3. Converta centímetro (**cm**) em milímetro (**mm**). Lembre que 1 cm = 10 mm.

A 15 cm = ______________ mm

B 13 cm = ______________ mm

C 24 cm = ______________ mm

D 50 cm = ______________ mm

E 1,58 cm = ______________ mm

F 1,90 cm = ______________ mm

G 4,5 cm = ______________ mm

H 15,35 cm = ______________ mm

I 120 cm = ______________ mm

J 1,987 cm = ______________ mm

K 0,5 cm = ______________ mm

L 133,5 cm = ______________ mm

1. Converta litro (**l**) em mililitro (**ml**). Lembre que 1 l = 1.000 ml.

A 3 l = ________________ ml

B 10 l = ________________ ml

C 22 l = ________________ ml

D 150 l = ________________ ml

E 1,5 l = ________________ ml

F 4,25 l = ________________ ml

G 35,5 l = ________________ ml

H 550,80 l = ________________ ml

I 13 l = ________________ ml

J 0,208 l = ________________ ml

K 5 l = ________________ ml

L 0,1333 l = ________________ ml

2. Converta quilo (**kg**) em grama (**g**). Lembre que 1 kg = 1.000 g.

A 4 kg = ________________ g

B 20 kg = ________________ g

C 10 kg = ________________ g

D 19 kg = ________________ g

E 0,5 kg = ________________ g

F 0,05 kg = ________________ g

G 9,5 kg = ________________ g

H 12,250 kg = ________________ g

I 14,5 kg = ________________ g

J 0,750 kg = ________________ g

K 1,750 kg = ________________ g

3. Agora, preste atenção na unidade solicitada e faça as conversões indicadas:

A 8.000 g = ________________ kg

B 6.500 ml = ________________ l

C 20.000 cm = ________________ m

D 19.000 g = ________________ kg

E 15 kg = ________________ g

F 3.400 mm = ________________ cm

G 10.500 m = ________________ km

H 210 cm = ________________ m

I 68 l = ________________ ml

J 1.500 ml = ________________ l

K 8.730 g = ________________ kg

L 0,987 kg = ________________ g

M 875 m = ________________ cm

N 500 cm = ________________ mm

O 2.740 mm = ________________ m

P 185.000 m = ________________ km

1. Resolva as contas de **divisão**:

A	$12 \div 5$
B	$14 \div 4$
C	$51 \div 6$
D	$45 \div 6$
E	$63 \div 5$
F	$86 \div 5$
G	$94 \div 8$
H	$32 \div 25$
I	$75 \div 12$
J	$41 \div 20$
K	$35 \div 25$
L	$82 \div 40$
M	$66 \div 30$
N	$132 \div 15$
O	$195 \div 25$
P	$225 \div 50$
Q	$782 \div 34$
R	$533 \div 13$

1. Quando um **número decimal** é **multiplicado por 10**, basta deslocar a vírgula uma casa para a direita. Observe os exemplos e resolva as demais contas:

5,18 x 10 = 51,8	17,05 x 10 = 170,5	110,50 x 10 = 1.105

A 8,5 x 10 = ________________

B 10,8 x 10 = ________________

C 24,35 x 10 = ________________

D 55,423 x 10 = ________________

E 0,87 x 10 = ________________

F 9,167 x 10 = ________________

G 0,12 x 10 = ________________

H 17,5 x 10 = ________________

2. Quando um **número decimal** é **multiplicado por 100**, basta deslocar a vírgula duas casas para a direita. Observe os exemplos e resolva as demais contas:

5,18 x 100 = 518	133,25 x 100 = 13.325	154,61 x 100 = 15.461

A 7,2 x 100 = ________________

B 12,4 x 100 = ________________

C 36,3 x 100 = ________________

D 55,423 x 100 = ________________

E 11,45 x 100 = ________________

F 0,102 x 100 = ________________

G 17,91 x 100 = ________________

H 0,565 x 100 = ________________

3. Quando um **número decimal** é **multiplicado por 1.000**, basta deslocar a vírgula três casas para a direita. Observe os exemplos e resolva as demais contas:

5,183 x 1.000 = 5.183	117,025 x 1.000 = 117.025

A 2,3 x 1.000 = ________________

B 72,6 x 1.000 = ________________

C 0,42 x 1.000 = ________________

D 0,525 x 1.000 = ________________

E 231,5 x 1.000 = ________________

F 1,2 x 1.000 = ________________

G 37,34 x 1.000 = ________________

H 0,008 x 1.000 = ________________

1. Quando um **número decimal** é **dividido por 10**, basta deslocar a vírgula uma casa para a esquerda. Observe os exemplos e resolva as demais contas:

5,18 ÷ 10 = 0,518	786,50 ÷ 10 = 78,65	17,24 ÷ 10 = 1,724

A 12,5 ÷ 10 = ____________________

B 36,2 ÷ 10 = ____________________

C 19,24 ÷ 10 = ____________________

D 0,45 ÷ 10 = ____________________

E 210,8 ÷ 10 = ____________________

F 9,3 ÷ 10 = ____________________

G 1,7 ÷ 10 = ____________________

H 37,6 ÷ 10 = ____________________

2. Quando um **número decimal** é **dividido por 100**, basta deslocar a vírgula duas casas para a esquerda. Observe os exemplos e resolva as demais contas:

5,18 ÷ 100 = 0,0518	786,50 ÷ 100 = 7,865	17,24 ÷ 100 = 0,1724

A 4,5 ÷ 100 = ____________________

B 16,2 ÷ 100 = ____________________

C 50,7 ÷ 100 = ____________________

D 941,8 ÷ 100 = ____________________

E 74,2 ÷ 100 = ____________________

F 184,6 ÷ 100 = ____________________

G 98,5 ÷ 100 = ____________________

H 5,35 ÷ 100 = ____________________

3. Quando um **número decimal** é **dividido por 1.000**, basta deslocar a vírgula três casas para a esquerda. Observe os exemplos e resolva as demais contas:

5,18 ÷ 1.000 = 0,00518	17,24 ÷ 1.000 = 0,01724

A 7,4 ÷ 1.000 = ____________________

B 16,8 ÷ 1.000 = ____________________

C 690,5 ÷ 1.000 = ____________________

D 0,8 ÷ 1.000 = ____________________

E 73,6 ÷ 1.000 = ____________________

F 135,8 ÷ 1.000 = ____________________

G 12.005 ÷ 1.000 = ____________________

H 89,56 ÷ 1.000 = ____________________

1. Resolva a **soma** das frações:

A $\frac{1}{5} + \frac{3}{5} =$

B $\frac{4}{8} + \frac{2}{8} =$

C $\frac{7}{6} + \frac{1}{6} =$

D $\frac{3}{4} + \frac{6}{4} =$

E $\frac{6}{7} + \frac{6}{7} =$

F $\frac{7}{3} + \frac{2}{3} =$

G $\frac{2}{3} + \frac{1}{4} =$

H $\frac{3}{4} + \frac{5}{12} =$

I $\frac{3}{5} + \frac{1}{2} =$

J $\frac{1}{3} + \frac{1}{8} =$

K $\frac{1}{5} + \frac{3}{5} + \frac{3}{5} =$

L $\frac{1}{7} + \frac{2}{7} + \frac{3}{7} =$

1. Resolva a **subtração** das frações:

A $\frac{5}{6} - \frac{2}{6} =$

B $\frac{8}{9} - \frac{6}{9} =$

C $\frac{7}{8} - \frac{6}{8} =$

D $\frac{4}{15} - \frac{2}{15} =$

E $\frac{2}{3} - \frac{1}{3} =$

F $\frac{3}{4} - \frac{2}{3} =$

G $\frac{10}{7} - \frac{1}{2} =$

H $\frac{3}{4} - \frac{2}{5} =$

I $\frac{2}{5} - \frac{1}{3} =$

J $\frac{3}{4} - \frac{1}{7} =$

K $\frac{7}{11} - \frac{1}{10} =$

L $\frac{30}{12} - \frac{9}{4} =$

1. Resolva a **multiplicação** das frações:

A $\frac{1}{2} \times \frac{1}{4} =$

B $\frac{2}{5} \times \frac{3}{7} =$

C $\frac{1}{3} \times \frac{2}{5} =$

D $\frac{2}{3} \times \frac{4}{6} =$

E $\frac{4}{15} \times \frac{5}{8} =$

F $\frac{4}{5} \times \frac{4}{6} =$

G $\frac{7}{2} \times \frac{1}{3} =$

H $\frac{2}{7} \times \frac{21}{6} =$

I $\frac{5}{3} \times \frac{8}{9} =$

J $\frac{9}{4} \times \frac{3}{7} =$

K $\frac{11}{2} \times \frac{3}{10} =$

L $\frac{8}{12} \times \frac{10}{2} =$

1. Resolva a **divisão** das frações:

A $\frac{2}{3} \div \frac{3}{2} =$

B $\frac{1}{2} \div \frac{3}{4} =$

C $\frac{2}{5} \div \frac{3}{7} =$

D $\frac{3}{5} \div \frac{9}{10} =$

E $\frac{5}{12} \div \frac{5}{8} =$

F $\frac{2}{5} \div \frac{4}{9} =$

G $\frac{2}{3} \div \frac{4}{9} =$

H $\frac{3}{4} \div \frac{2}{5} =$

I $\frac{6}{11} \div \frac{7}{22} =$

J $\frac{2}{3} \div \frac{4}{6} =$

K $\frac{8}{3} \div \frac{5}{9} =$

L $\frac{7}{2} \div \frac{3}{4} =$

RESOLVA ESTAS SITUAÇÕES-PROBLEMA.

1 Mariana aproveitou a liquidação de estação para comprar um lindo vestido. Antes, o vestido custava R$ 300,00. Durante a liquidação, o vestido teve um desconto de 30%. Quanto Mariana pagou pelo vestido?

2 Na escola de Pedro, há 580 alunos. 20% dos alunos estudam em período integral. Quantos alunos ficam na escola durante o período integral?

3 O sorveteiro abasteceu seu carrinho com 250 picolés. 40% dos picolés são de chocolate e 30% são de uva. Quantos picolés de cada sabor há no carrinho de sorvete?

4 Os fregueses adoram o pastel de palmito da pastelaria do Mário. Dos 870 pastéis vendidos ontem, 30% eram de palmito. Quantos pastéis de palmito Mário vendeu ontem?

1 Carlos está participando de uma maratona na cidade de São Paulo e já correu 28 km. A maratona completa tem 42,195 km. Quantos quilômetros ainda faltam para Carlos completar a prova?

2 Roberto foi ontem ao pediatra e descobriu que cresceu 3 cm. Agora, ele está com 1,40 m de altura. Quanto Roberto media antes?

3 Caio é mais alto que Helena. Ele tem 1,60 m de altura, 8 cm a mais que Helena. Qual é a altura de Helena?

4 Rosana encomendou à costureira um vestido novo para o baile de formatura. A costureira pediu que Rosana comprasse 2,50 m de tecido azul, para a saia, e 1,20 m de tecido preto, para o corpete do vestido. Quantos metros de tecido Rosana comprou no total?

1 Janaína é a cozinheira da família. Ela foi ao mercado comprar 500 g de farinha de mandioca, 1,5 kg de farinha de trigo e 2,5 kg de farinha de milho, para completar a lista de ingredientes do dia. Quantos quilos de farinha Janaína comprou no total?

2 Álvaro pesava 109 kg e estava muito acima de seu peso ideal. Preocupado com a saúde, ele começou a fazer exercícios e passou a ter uma alimentação mais saudável. Até agora, ele já emagreceu 12,800 kg. Qual é o peso atual de Álvaro?

3 A nutricionista indicou que Sueli deveria ter o peso de 55 kg, mas ela pesa 52,250 kg. Quanto ela deve engordar para chegar ao peso necessário?

4 Dona Ana comprou um pacote de 5 kg de arroz. Em três dias, ela já preparou 2,600 kg de arroz para a família. Quantos quilos de arroz restaram no pacote?

1 A caixa de água da casa de Francisco tem capacidade para 500 l e estava cheia à noite. Mesmo economizando, a família de Francisco já consumiu 380,5 l da água da caixa durante o dia de hoje. Quanto de água ainda resta na caixa?

2 No tanque de combustível do carro de Antônio, cabem 50 litros de gasolina. Nas férias, ele completou o tanque para viajar. Quando chegou ao destino, o carro tinha 16,5 l de gasolina. Quantos litros de combustível o carro de Antônio gastou nessa viagem?

3 Minha prima Rute vai preparar um manjar para o lanche. A receita pede 1,5 l de leite e 250 ml de leite de coco. Como ela convidou toda a família, ela terá de dobrar a receita. Qual é a quantidade desses ingredientes que ela deverá usar?

4 Tia Marlene comprou 1 l de suco para preparar para os sobrinhos. Ela o servirá em copos de 200 ml. Quantos copos de suco ela vai servir?

1 No final de semana, vai ter churrasco no sítio e Sérgio ficou encarregado de levar somente as linguiças. Ele comprou 2,5 kg de linguiça e pagou R$ 5,50 o quilo. Quanto Sérgio gastou na compra?

2 A família de Jorge consome 18 litros de leite por mês. Jorge paga R$ 2,80 pelo litro de leite. Quanto Jorge gasta por mês com a compra de leite?

3 Rodolfo trabalha em uma fábrica de canetas que faz 180 canetas por minuto. Quantas canetas são feitas em 1 hora?

4 Camila foi ao consultório médico e entrou no elevador do prédio com mais 4 pessoas. No andar seguinte, entraram mais 3 pessoas. Considerando que a capacidade máxima do elevador é de 600 kg e que a média de peso dessas pessoas é de 60 kg, quantas pessoas ainda poderão entrar no elevador sem ultrapassar sua capacidade máxima?

1 Mariana precisa estudar 60 páginas do livro para a prova de Ciências. Ela já estudou 2/3 do livro. Quantas páginas ainda faltam para Mariana estudar?

2 Dona Amélia recebeu um prêmio de R$ 650,00. Ela gastou 1/4 desse dinheiro no supermercado e usou 1/5 do prêmio para pagar a conta de telefone. Quanto dinheiro ainda resta para Dona Amélia?

3 Maurício comprou um pacote de biscoitos de chocolate. Todos os dias, ele come 1/5 do pacote. Em quantos dias Maurício terminará de comer os biscoitos do pacote?

4 Faz três dias que Viviane está tricotando um casaco de lã. Todos os dias, ela tricota 1/4 do casaco. Quanto do casaco Viviane já fez?

1 A professora Laura viajou com o ônibus da escola levando a turma do quinto ano B para um passeio cultural na capital. Eles saíram de uma cidade que fica a 160 km de São Paulo. O ônibus viajou, em média, 80 km por hora. Quantas horas Laura demorou a chegar ao seu destino?

2 Celina, a costureira da loja de roupas, precisa cortar uma fita de cetim de 65 cm em 4 pedaços com comprimentos iguais. Quantos centímetros terá cada pedaço?

3 Neusa aproveitou a liquidação da banca de uma loja que vendia peças variadas por um único valor. Ela comprou 2 calças compridas, 2 camisetas e 3 moletons para seu filho. A compra ficou em R$ 139,30. Quanto Neusa pagou em cada peça?

4 Rebeca ganhou R$ 10,00 de seu pai e R$ 7,50 de sua mãe, para passear no parque. Desse dinheiro, Rebeca gastou R$ 12,25 na lanchonete. Quanto sobrou de troco?

1 Para comprar 10 computadores para a biblioteca do município, 1.820 famílias se uniram e juntaram o dinheiro. Cada família contribuiu com R$ 15,00. Qual o valor total do dinheiro arrecadado?

2 O carro de Alfredo faz, em média, 11,5 km por litro de gasolina. Com 20,5 l de gasolina, quantos quilômetros Alfredo poderá percorrer?

3 Um novo açougue foi inaugurado no bairro da Figueira. Elaine foi até lá e comprou 2 kg de carne bovina, 1,5 kg de costela de porco e 800 g de filé de frango. Quantos quilos de carne Elaine comprou no total?

4 Clarice comprou 10 kg de pó de café diretamente do dono do sítio, para revender em sua loja de produtos orgânicos. Ela precisa dividir o produto que comprou em potes de 500 g. De quantos potes Clarice precisará?

1 Marcos está ansioso para a chegada do Natal. Ele consultou o calendário e descobriu que faltam 9 semanas exatas para o dia 25 de dezembro. Quantos dias faltam para o Natal?

2 A mãe de João comprou 5 dúzias de pratos descartáveis para a festa de aniversário do filho. Durante a festa, foram usados 4 dezenas e meia de pratos. Quantos pratos sobraram?

3 No posto Bem-te-vi, o litro da gasolina custa R$ 3,00. Lúcio gastou R$ 96,60 para abastecer seu carro. Quantos litros ele colocou no tanque?

4 Na padaria do senhor Manoel, cada 100 g de presunto custa R$ 1,80. Regina pediu 250 g de presunto. Quanto Regina vai gastar nessa compra?

1 Meu primo está fazendo condicionamento físico para se sair melhor no campeonato de futebol da escola. Por isso, ele corre 12 km diariamente, durante 5 dias da semana. Quantos quilômetros ele corre em duas semanas?

2 A distância entre a casa de Gisele e a escola em que ela estuda é de 4,5 km. Quantos metros correspondem a essa distância?

3 A cantina da escola serve suco de laranja na hora do recreio. Com 1 dúzia de laranjas, é possível preparar 500 ml de suco. Por dia, são necessários 4 litros de suco. Quantas laranjas a cantina precisa comprar diariamente?

4 Joana tem uma loja de sapatos. No mês de agosto, as vendas somaram R$ 3.255,00. Nesse mesmo mês, Joana pagou 15% de imposto. Qual o valor do imposto pago por Joana?

1 A oficina mecânica de Geraldo teve um lucro de R$ 2.890,00. Geraldo decidiu investir 20% desse dinheiro na compra de novas peças. Qual valor será investido por Geraldo?

2 Agenor precisa comprar o material escolar para o seu filho e fez dois orçamentos: na loja Glória e na papelaria Estrela. Na loja Glória, o orçamento ficou em R$ 328,65. Na papelaria Estrela, o orçamento ficou em R$ 316,25. Qual a diferença de preço entre os dois orçamentos?

3 Simone e Fátima são sócias em um salão de beleza. Elas dividem os lucros igualmente, 50% para cada uma. Este mês, o salão lucrou R$12.930,00. Qual é o valor que cada uma recebeu?

4 Uma descarga gasta 19 l de água, cada vez que é acionada. Na casa de Maristela, moram 3 pessoas, e cada uma dá a descarga 5 vezes por dia. Quantos litros de água a família de Maristela gasta por dia em descarga?

1 A confeitaria de Beatriz está com muitos clientes. Na semana passada, Beatriz teve a encomenda de 20 bolos de aniversário. Esta semana, ela recebeu 15% a mais de encomendas. Quantos bolos Beatriz terá que preparar nesta semana?

2 Reutilizando a água da máquina de lavar roupa, a família de Armando conseguiu economizar 18% no consumo diário de água. Antes de reutilizar essa água, eles gastavam 2.100 litros de água por dia. Quantos litros de água a família de Armando gasta diariamente agora?

3 A escola de Rita vai arrecadar contribuições para preparar a festa do Dia das Crianças. Rita pediu a contribuição de R$ 5,00 por aluno. Na escola de Rita, há 520 alunos. Se 70% dos alunos contribuírem, qual será o valor arrecadado?

4 Sônia, Estela e Maria caminham 8 km todas as manhãs. Sônia faz o percurso em 1 hora, Estela leva meia hora e Maria leva 40 minutos. Qual delas consegue completar o percurso mais rapidamente?

1 Gustavo e Melina são amigos e moram no mesmo prédio. Gustavo mora no 3º andar e Melina mora 9 andares acima do apartamento do amigo. Em que andar ela mora?

2 Julho é o 7º mês do ano. Patrícia e Ricardo vão se casar 3 meses depois de julho. Qual é o número ordinal do mês do casamento?

3 Na gincana cultural da escola, Ângela, da turma B da manhã, ficou em 5º lugar. Rute, da turma A da tarde, ficou duas posições atrás de Ângela. Em que posição ficou Rute?

4 Um artista está tocando violino no 10º vagão do trem. Na próxima parada, o artista passará para o próximo vagão. Para qual vagão ele irá?

1 Pedro levou seu cão para ser consultado em uma clínica veterinária. O médico receitou uma dieta especial de 200 g de ração para filhotes, duas vezes por dia. Pedro comprou um saco com 16 kg de ração. Em quantos dias essa ração será toda consumida?

2 Teresa comprou um pacote de 1 kg de farinha de rosca para fazer bife à milanesa. Cada bife empanado gasta 70 g de farinha de rosca. Ela está preparando 5 bifes. Quanto de farinha de rosca vai sobrar no pacote?

3 Sandro tem 1,5 l de água para dividir em copos de 250 ml. Quantos copos Sandro conseguirá encher?

4 Gláucia comprou um garrafão de 5 l de suco de uva. Em casa, ela encheu duas jarras de 600 ml com o suco e colocou-as na geladeira. Quantos litros de suco ainda restam no garrafão?

1 Atualmente, Luiz tem uma coleção de 100 jogos de videogame. Seu amigo Mateus também tem uma coleção com o mesmo número, mas 15% deles são repetidos. Mateus vai dar esses jogos repetidos para Luiz. Com quantos jogos ficará a coleção de Luiz?

2 Uma agência de publicidade fez uma pesquisa e entrevistou 1.000 consumidores. Entre os entrevistados, 45% eram homens e 55% eram mulheres. Quantas mulheres foram entrevistadas?

3 Elaine, atleta de Santa Catarina, participou da corrida de São Silvestre, em São Paulo, no final do ano passado. Ela cruzou a linha de chegada 1 hora e 38 minutos após ter iniciado a competição. Em quantos minutos ela terminou a corrida?

4 Odete foi ao mercado e comprou um pacote com 2 kg de feijão que custou R$ 4,60. Odete pagou com uma nota de R$ 20,00. Quanto ela recebeu de troco?

1 João quer comprar uma calça que custa R$ 120,00. Se pagar à vista, ele vai ganhar um desconto de 15%. Nesse caso, quanto João pagará pela calça?

2 Na barraca de temperos da feira, Dona Luzia vende pacotes com 50 g de canela em pó. Elisa precisa comprar 350 g de canela em pó. Quantos pacotes de canela Elisa precisará comprar?

1. Copie cada frase substituindo a conjugação **há** (do verbo **haver**) por **faz** (do verbo **fazer)** ou por **existe/existem** (do verbo **existir**).

1 Ainda há muitas praias pouco exploradas no Brasil.

2 Fernanda foi morar no sítio há mais de um ano.

3 Você sabe onde há bons restaurantes nesta região?

4 Visitei aquele museu há alguns dias. Vi ali que há várias obras que precisam ser conhecidas.

5 Há muito trabalho na área de cultura a ser feito aqui nesta escola.

6 Este prédio foi construído há mais de cinquenta anos e agora ele está sendo restaurado.

7 Há livros excelentes na biblioteca da nossa escola.

8 Há algum parque perto que tenha quadra esportiva?

1. Para treinar a caligrafia, copie as adivinhas e depois escreva a resposta de cada uma:

O que é, o que é?

1 *Não tem pernas, mas anda bastante.*

Resposta:

2 *Corre em volta do pasto inteiro sem se mexer.*

Resposta:

3 *Enche a casa, mas não enche a mão.*

Resposta:

4 *Tem cabeça, dente e barba, mas não é bicho nem gente.*

Resposta:

5 *No jardim é flor e na comida é tempero.*

Resposta:

6 *Passa diante do sol sem fazer sombra.*

Resposta:

7 *Quando se perde, nunca mais se encontra.*

Resposta:

8 Entra na água e não se molha.

Resposta:

9 Não é malabarista, mas vive com os pés na cabeça.

Resposta:

10 Não tem no galo nem na galinha, mas mora bem no meio do ovo.

Resposta:

11 Tem mais de quarenta cabeças e não consegue pensar.

Resposta:

12 Basta entrar na casa para formar um casal.

Resposta:

13 Não tem boca, mas está cheio de dentes.

Resposta:

14 Fica no centro da gravidade e no começo da ilusão.

Resposta:

1. Leia os trechos abaixo, eles são partes de uma história. Numere cada trecho colocando a história em ordem.

( ) Passamos alguns dias preparando tudo, até que chegou o grande dia. Saímos de carro bem cedinho e fizemos uma ótima viagem. Não tinha sol, mas estava calor, um dia bem agradável.

( ) Meu pai adora ficar ao ar livre e perto da natureza. Um dia, ele resolveu levar meu irmão e eu para acampar. Estávamos de férias, e o plano era passarmos três dias no acampamento "Natureza Viva".

( ) Meu irmão e eu ficamos muito empolgados com a ideia de acompanhar meu pai nos preparativos. Compramos barraca e sacos de dormir. Depois, organizamos os utensílios que precisaríamos. Também separamos o violão, para nos divertirmos à noite, com cantorias ao redor da fogueira.

( ) Gostei de preparar a nossa própria comida em um fogãozinho de duas bocas, próprio para acampamento, que meu pai levou. Acampar é demais!

( ) Montar a barraca não foi muito fácil, mas foi bem divertido. O camping parecia um clube. Tinha muito verde, um rio, uma piscina e quadras esportivas. Aproveitamos bastante os três dias que passamos lá.

1. Copie o texto da página anterior na ordem correta e dê um título para a história.

1. Complete as frases com a conjugação correta destes verbos irregulares. Depois copie tudo, para treinar a caligrafia.

1 Todos os sábados, meus pais veem o seu irmão jogando tênis no clube. Nós só o ________ aos domingos.

____

____

____

2 Rafael pôs mais sal na comida. Teresa e Marcos não ________.

____

____

____

3 Glória e Paulo não trouxeram o caderno com a lição de casa completa. Mas desta vez eu ________.

____

____

____

4 Meus pais e eu já pusemos as malas no carro. Fernando também ________ a mala dele.

____

____

____

5 Nós fizemos a nossa parte do trabalho de ciências. Eles ainda não ________ nada.

____

____

____

6 Meus avós deram o endereço deles para vocês. Eu ainda não ________, vocês podem anotar?

____

____

____

7 Na viagem, eu fui visitar um castelo medieval na Espanha. Meus primos não ________________ dessa vez, porque já o conheciam.

8 Mário veio até aqui caminhando. Henrique e eu ________________ de bicicleta.

9 Meu filho deu alguns brinquedos para o orfanato. Nós ________________ roupas e mantimentos.

10 Eu assisto a filmes de aventura e de terror. Meu irmão só ________________ a filmes de suspense.

11 Sofia viu o desfile da escola de samba ao vivo. Marta e Patrícia não ____________ nem pela televisão.

12 Eu fui ao teatro assistir à estreia da peça de um amigo. Renato e Marcela ________________ ao cinema.

1. Lembre: o **verbo auxiliar** se une sempre com o **gerúndio**, **particípio** ou **infinitivo** do **verbo principal**. Para treinar a caligrafia e recordar os principais **verbos auxiliares** (**ser, estar, ter, haver**), copie as frases a seguir:

1 Na semana passada, os irmãos de Laura estiveram jogando vôlei na praia.

2 Célia está treinando todos os dias para a apresentação do coral da escola na festa de final de ano.

3 Os meninos estão lendo história em quadrinhos na biblioteca. Letícia está guardando seus brinquedos.

4 Ontem minha mãe veio me avisar que meus amigos, que viajaram semana passada, já haviam chegado.

5 A verdade é que temos estudado muito para a gincana gramatical que vai acontecer neste semestre.

6 Leonardo foi ajudado pelos professores quando precisou de reforço em matemática.

1. Leia as quadrinhas e depois classifique as palavras em destaque como **oxítona**, **paroxítona** ou **proparoxítona**.

1 Aqui tens meu **coração**,
mete a mão, tira-o com jeito;
lá verás que amor tão grande
vive em **palácio** tão estreito.

2 Não tenho nem pai nem mãe,
nem nessa terra **parentes**.
Sou filho das **águas** claras,
neto das águas correntes.

3 Não tenho medo do homem,
nem do ronco que ele tem.
O **besouro também** ronca.
Vai se ver, não é **ninguém**.

4 Macaco sobe na **árvore**
e no galho vai **pendurado**.
A **música** quando toca,
não deixa ninguém parado.

5 Eu queria ter **agora**
um cavalinho de vento
para dar um galopinho
na **estrada** do **pensamento**.

6 Fui buscar na **farmácia**
remédio para tua **ausência**.
Me deram água de flor
e biscoito **paciência**.

1. Leia o texto atentamente e depois responda às perguntas da página seguinte.

O leão e o ratinho

Certa vez, em uma tarde muito quente, um leão encontrou uma sombra fresquinha embaixo de uma árvore e resolveu descansar. Dormia um sono profundo e preguiçoso, quando foi despertado por algo muito pequeno que passou correndo por sua cabeça.

Era um ratinho que, correndo distraído, não percebeu o grande leão ali deitado. Com extrema rapidez, o leão prendeu o pobrezinho entre suas garras e já se preparava para esmagá-lo quando o ratinho começou a implorar que não o matasse. Suplicou tanto, que o leão acabou desistindo de matá-lo e o deixou ir embora.

Tempos depois, o leão caiu em uma armadilha montada por caçadores que andavam pela região. Sem conseguir se soltar da rede, começou a urrar pedindo socorro. Ninguém por perto apareceu para soltar o leão do cativeiro. Porém, para surpresa do leão, ele viu que quem atendeu ao seu chamado foi aquele mesmo ratinho que teve sua vida poupada por ele.

No entanto, o que um bicho tão pequenino poderia fazer para libertar o leão? Com os seus dentes bem afiados, o espertinho do rato roeu as cordas da rede, fazendo um grande buraco por onde o leão conseguiu escapar.

Graças a um simples ratinho, o leão estava salvo!

1. Assinale a resposta correta em cada uma das perguntas:

1 O texto "O leão e o ratinho" é:

A Um conto. ( )
B Uma fábula. ( )
C Uma crônica. ( )

2 Qual é a moral da história?

A Não se arrisque. ( )
B Nunca dê uma segunda chance. ( )
C Quem presta ajuda, um dia será também ajudado. ( )

3 Escreva: quem são os personagens da história?

____

4 O leão não matou o ratinho por quê?

A Porque o ratinho suplicou bastante.
B Porque o leão não estava com fome.
C Porque o ratinho fugiu.

5 Por que o leão estava urrando?

A Para mostrar que estava com fome.
B Para assustar os caçadores.
C Para pedir socorro.

6 Por que o ratinho ajudou o leão a escapar?

A Porque ele gosta de roer redes.
B Para retribuir o favor que o leão tinha feito.
C Porque ele foi ameaçado.

7 Descreva, nas linhas abaixo, alguma situação real, que você viveu ou ouviu, semelhante à fabula que você acabou de ler.

____

____

____

____

____

1. Leia o começo da história e os trechos a seguir. Use a imaginação e escreva, nas linhas, os trechos que faltam para completar a narrativa. Dê um título para a história.

____

No fim de semana passado, meu tio Luiz convidou nossa família para fazer uma trilha e visitar a cachoeira perto da nossa cidade.

Fomos eu, meu tio Luiz, minha tia Marta, meu primo Henrique, minha prima Bia, meu irmão Lucas, meu pai e minha mãe. Saímos bem cedo levando lanches para fazer um piquenique. A ideia era passar o dia todo passeando e aproveitando a natureza.

Para levar tanta gente, meu tio alugou um micro-ônibus. Na chegada, estacionamos perto do início da trilha...

____

____

____

____

Já estávamos bem pertinho e o som da cachoeira ficava cada vez mais forte. Eu nunca tinha visto uma cachoeira de perto. Eu estava ansioso para chegar! Fazia muito calor e, depois de andar tanto, nós queríamos nos refrescar. Foi quando...

____

____

____

____

Foi um dos passeios mais legais que eu já fiz na vida. Com certeza, eu quero voltar àquele lugar mais vezes.

1. Observe o exemplo. Depois, leia as frases e substitua as palavras em destaque por **advérbios de modo**:

Mamãe falou **com alegria** sobre a festa de Natal que vamos organizar.

Mamãe falou **alegremente** sobre a festa de Natal que vamos organizar.

1 **Com certeza**, ele voltará amanhã para buscar a mochila.

____

____

2 **Com calma**, João foi se aproximando do cachorro.

____

____

3 Os bombeiros trabalham **com cautela** para fazer o resgate.

____

____

4 A avó passou a mão **com carinho** nos cabelos do neto, para tentar consolá-lo.

____

____

5 **Com habilidade**, ela tirou o espinho que machucava a mão do menino.

____

____

6 Marina decidiu ir embora e reuniu todas as suas roupas **com pressa**.

____

____

7 **Com teimosia**, o aluno se recusou a participar do treino de vôlei.

____

____

1. Reescreva cada frase substituindo o **advérbio** por outro aqui indicado.

perto • nunca • bastante • amanhã • rapidamente
devagar • certamente • distante • porventura

1 Depois combino com você quando faremos o trabalho de escola.

____

2 Decidi que jamais voltaria naquela cidade tão fria.

____

3 Fomos de trem, pois a cidade é longe de onde eu moro.

____

4 Comi muito, nem vou pedir a sobremesa.

____

5 O teatro é logo ali, vamos andar mais depressa.

____

6 Realmente você chegou primeiro, merece a medalha.

____

2. Observe o exemplo. Depois, escreva frases com as palavras indicadas, seguindo o grau de comparativo pedido.

Guilherme / esperto / Amanda → comparativo de igualdade
Guilherme é tão esperto quanto Amanda.

1 Marta /alta / Rute → comparativo de superioridade

____

2 A bicicleta / veloz / o carro → comparativo de inferioridade

____

3 O vestido preto / bonito / vestido azul → comparativo de igualdade

____

4 Suco de fruta / saudável / refrigerante → comparativo de superioridade

____

5 O Rio Doce / poluído / Rio das Pedras → comparativo de inferioridade

____

1. Complete as frases com **maior**, **menor**, **melhor** ou **pior**:

1 A alegria é __________ que a tristeza.

2 O Brasil é __________ que a França.

3 Subir escadas é __________ que descer.

4 O cavalo é __________ que o elefante.

5 Não tentar é __________ do que perder.

6 A melancia é __________ que o mamão.

7 O Rio de Janeiro é __________ que São Paulo.

8 O Sol é __________ que a Lua.

2. Reescreva as frases substituindo os **adjetivos** pelo **superlativo absoluto sintético** correspondente.

Minha prima é ***magra.***
Minha prima é ***magérrima.***

1 A prova de geografia foi fácil.

____

2 O palhaço Carequinha era engraçado.

____

3 O parque aquático é divertido.

____

4 Aquele arranha-céu é alto.

____

5 Os quadros impressionistas são belos.

____

6 Essa porcelana chinesa é frágil.

____

7 O professor de física é inteligente.

____

8 Hoje estamos todos felizes.

____

1. Leia o texto e acentue corretamente as palavras que ficaram sem acento.

O corvo e a raposa

Certa vez, um corvo pousou no alto de uma arvore com um pedaço de queijo no bico. Uma raposa que passava por perto sentiu o cheiro do queijo e se aproximou. Ela ficou com agua na boca, morrendo de vontade de comer aquele queijo. Muito esperta, a raposa se aproximou do corvo e disse:

— Boa tarde, amigo corvo! Tenho ouvido os bichos comentarem que o sabia tem o canto mais belo dessa mata, mas sempre achei que o seu canto deve ser muito mais agradavel e afinado. Cante um pouco para que eu possa escutar e contar para todos que o canto do corvo e incomparavel ao de qualquer ave.

Todo cheio de si, o corvo aceitou o desafio e abriu o bico a cantar. O queijo caiu no chão e a raposa o abocanhou. Depois de saborear, achando o queijo uma delicia, a raposa se foi dizendo:

— Da proxima vez, amigo corvo, desconfie de quem bajular voce!

1. Vamos recordar: **mal** é o contrário de **bem**, e **mau** é o contrário de **bom**. Agora, complete as frases com **mal** ou **mau**, de acordo com o caso:

1 Pedro não estudou e foi ________ na prova de inglês.

2 Aquele menino conta muitas mentiras e é um ________ exemplo para todos.

3 Mais um filme que retrata o bem contra o ________.

4 Estou cansado, dormi muito ________ essa noite.

5 Sempre que meu pai vai àquela loja ele é ________ recebido.

6 É melhor não falar com a professora agora, ela está de ______ humor.

7 ______ amanheceu e minha mãe já estava na cozinha fazendo o café.

8 Ana Paula faltou à aula hoje porque estava passando ________.

9 A previsão é de que no final de semana teremos ________ tempo.

10 Eu adoro ouvir a história da Chapeuzinho Vermelho e o Lobo _______.

2. Vamos recordar: **mais** é o contrário de **menos**, e **mas** é igual a **porém**. Agora, complete as frases com **mas** ou **mais**, de acordo com o caso:

Maria Luiza e eu combinamos de fazer a trilha da cachoeira hoje de manhã. ________, quando eu acordei, vi que estava chovendo. Como ainda era muito cedo, liguei para Maria Luiza e desmarquei nosso passeio. Depois, fui dormir __________ um pouco. ________ tarde, logo após o almoço, já havia parado de chover, __________ o tempo continuava nublado. Eu não queria ficar _________ em casa, então convidei Maria Luiza para irmos ao cinema. Ela topou na hora, ________ escolheu um filme muito triste, ________ triste do que aquele que assistimos na semana passada.

1. Coloque o acento **agudo** (´) ou **circunflexo** (^) nas palavras quando for necessário:

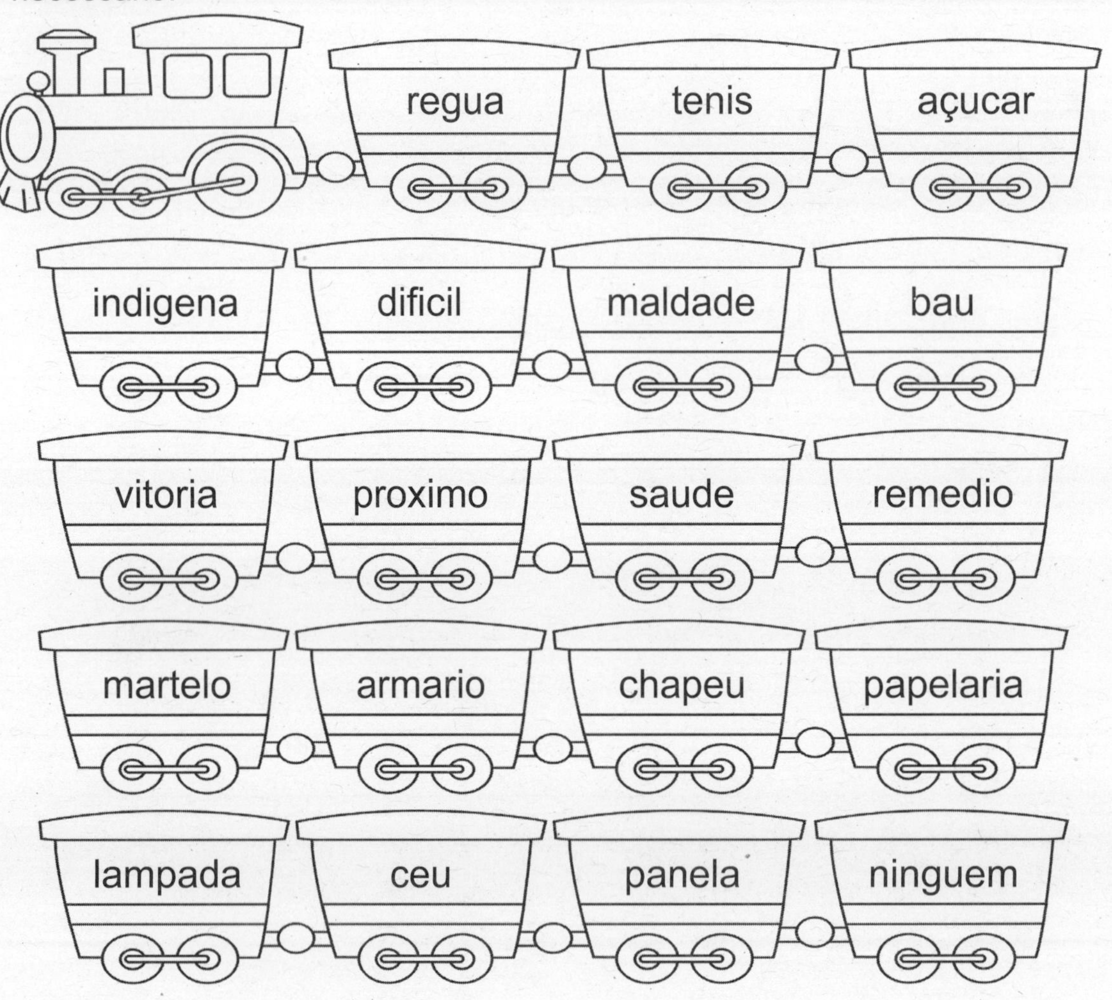

2. Coloque o acento **agudo** (´) ou **circunflexo** (^) nas palavras **oxítonas** quando for necessário. **Atenção:** palavras **oxítonas** terminadas em **i** e **u** não são acentuadas.

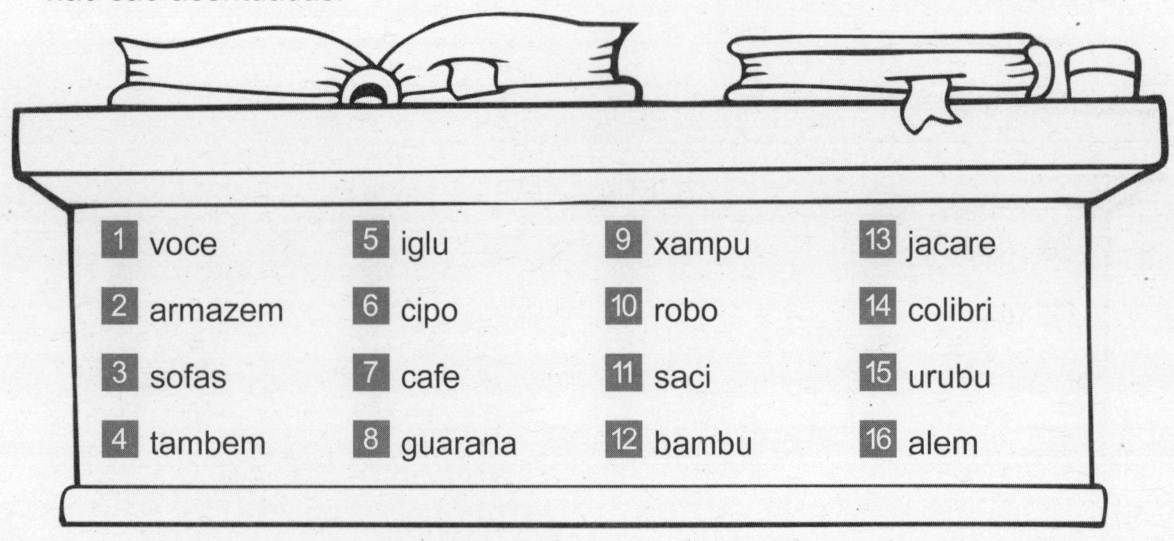

1. Coloque o acento **agudo** (´) ou **circunflexo** (^) nas palavras **paroxítonas** quando for necessário:

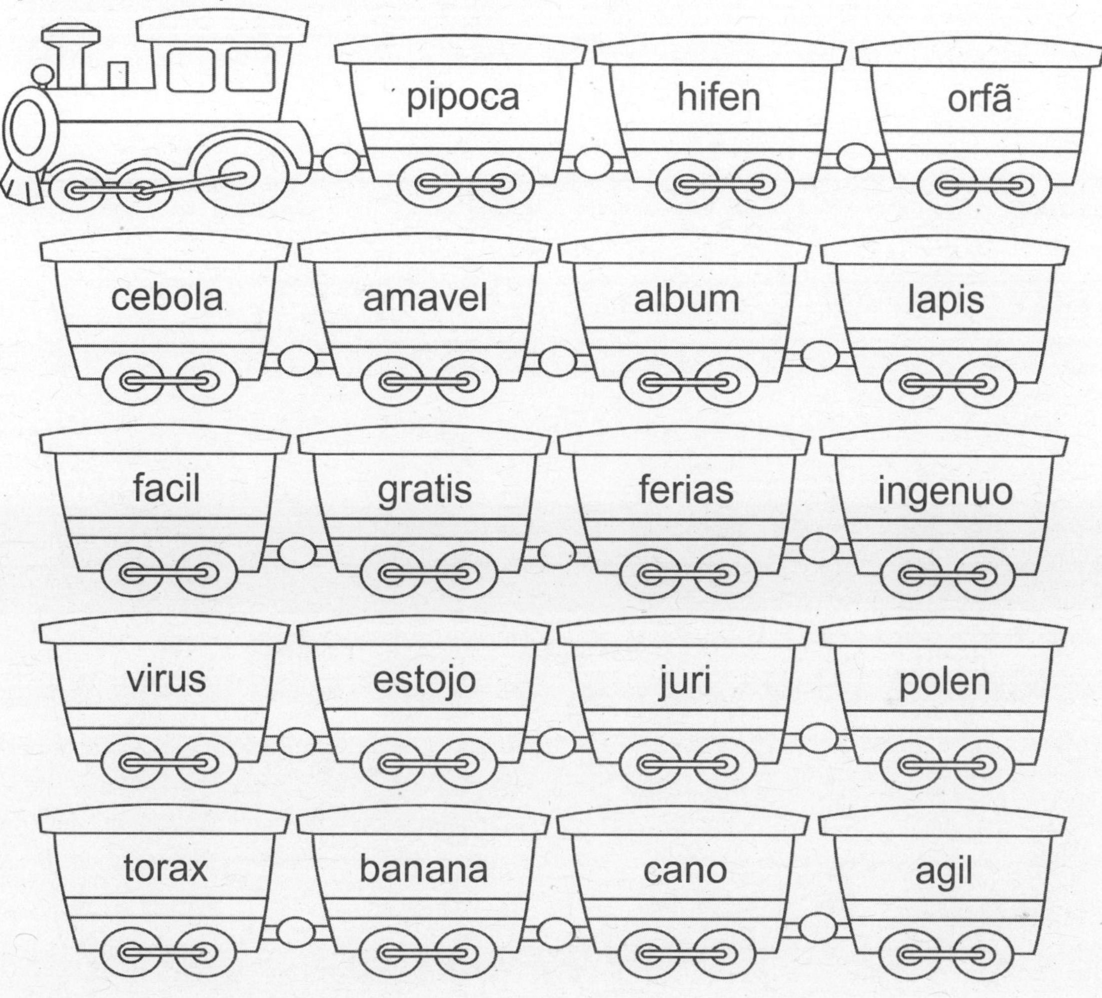

2. Coloque o acento **agudo** (´) ou **circunflexo** (^) nas palavras **proparoxítonas**. **Atenção:** todas as palavras **proparoxítonas** são acentuadas.

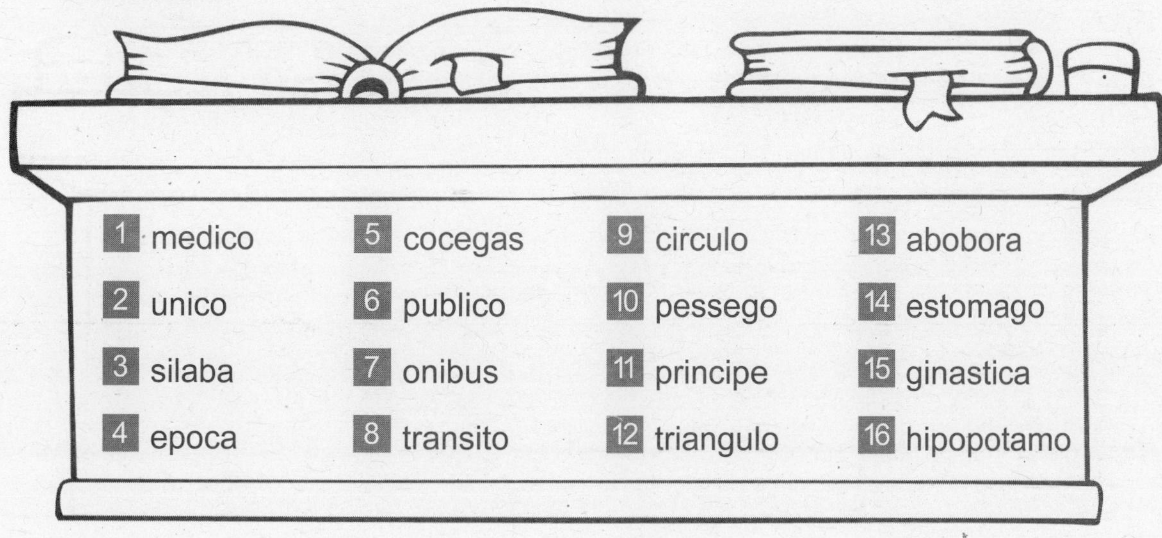

1. Leia as frases e escreva nos espaços a palavra **aonde** ou **onde** conforme o caso:

1 ___________ essas reclamações vão nos levar?

2 ___________ está o seu irmão?

3 ___________ fica o sítio do seu tio?

4 Minha tia está perdida, não sabe ___________ ir.

5 ___________ o professor foi? Ele saiu no meio da aula.

6 ___________ está a minha mochila?

7 ___________ você vai com tanta pressa?

2. Escolha a alternativa correta e escreva nos espaços, para completar cada frase:

1 ___________ você não participou do campeonato?
A POR QUE B POR QUÊ

2 João não pode jogar ___________ esqueceu a chuteira.
A PORQUE B POR QUÊ

3 Alguém pode explicar o ___________ de tanta bagunça?
A POR QUE B PORQUÊ

4 A professora não veio ontem ___________?
A POR QUE B POR QUÊ

3. Leia o texto e escreva nos espaços: **porque**, **por que**, **porquê** ou **por quê**.

— O aniversário de Paula está chegando, ___________ não organizamos uma festa surpresa? — disse tia Aurora.

Tio Renato concordou com a ideia, mas Gisele não disse nada. Tia Aurora não entendeu o ___________ de tanto desânimo. No entanto, logo imaginou ___________ a menina havia ficado calada. Com certeza, estava com ciúmes da irmã.

— Gisele, está quieta ___________?

A menina não respondeu e se afastou de cabeça baixa. Tia Aurora achou melhor não insistir, ___________ Gisele poderia ficar ainda mais enciumada.

1. Leia as frases e escreva nos espaços a conjugação **haja** (do verbo **haver**) ou **aja** (do verbo **agir**).

1 __________ paciência para enfrentar essa fila!

2 Seja sincero e __________ como uma pessoa de palavra.

3 __________ sempre com muito cuidado quando conversar com um desconhecido.

4 __________ tanta sabedoria e amor nesta vida.

5 __________ o que houver, que você __________ de maneira consciente para tomar uma decisão.

6 Tomara que __________ uma sombra na praia, o sol está muito forte.

7 Que seu pai __________ prontamente para resolver a situação.

2. Observe o exemplo. Depois, escolha os **adjetivos** correspondentes às **locuções adjetivas** e reescreva as frases:

Noite de chuva. → Noite chuvosa.

1 Trabalhador do campo. → ______________________

A campal B rural C campinho

2 Amor de mãe. → ______________________

A materno B madona C maneiro

3 Noite de luar. → ______________________

A lunática B enluarada C lunar

4 Raios de sol. → ______________________

A solúveis B solanos C solares

5 Sorriso de anjo. → ______________________

A angelical B anjinho C angular

6 Banco de trás. → ______________________

A atrelado B atrasado C traseiro

7 Perímetro da cidade. → ______________________

A citado B urbano C turbante

1. Leia o texto com atenção e escreva nos espaços a palavra **a** ou **há**:

Minha avó mora _____ quarenta anos na mesma casa. Ela conhece todos os moradores da vila e, claro, todos _____ conhecem também. Daqui _____ poucos dias, minha avó será a moradora mais antiga da rua, porque sua vizinha, dona Dirce, que mora _____ quarenta e cinco anos na mesma casa, vai viver com seu filho mais velho em uma cidade que fica _____ 600 quilômetros daqui. Minha avó está muito triste por separar-se de sua amiga mais antiga. Eu também ficaria triste, afinal, é uma amizade que existe _____ mais de quatro décadas. Ainda bem que hoje _____ internet, assim minha avó e dona Dirce manterão contato.

2. Leia o texto com atenção e escreva nos espaços a palavra **ouve** ou **houve**, conforme o caso:

Enzo _______ o despertador tocar, mas tem preguiça de levantar. Ele se lembra de que na noite anterior _______ muito barulho no vizinho e por isso acabou indo dormir mais tarde. Enzo pensa em ficar um pouco mais na cama, mas logo _______ sua mãe chamá-lo. Ele se levanta e vai lavar o rosto. _______ um tempo em que Enzo estudava à tarde, e não precisava acordar tão cedo.

3. Com **s** ou com **z** no final? Complete corretamente as palavras:

1 adeu___	5 capu___	9 depoi___	13 nari___
2 arro___	6 portuguê___	10 xadre___	14 lápi___
3 trê___	7 timide___	11 ônibu___	15 gi___
4 simple___	8 cuscu___	12 ve___	16 gá___

1. Observe o exemplo. Depois encontre o advérbio das outras frases, escreva-o e classifique-o:

> Jamais esquecerei a imagem do astronauta pisando na Lua!
> Advérbio: jamais   Classificação: advérbio de negação

1 Calmamente, a professora andou pela sala, enquanto os alunos faziam a prova.

Advérbio: ____________________ Classificação: ____________________

2 Ande depressa, porque vai começar a chover.

Advérbio: ____________________ Classificação: ____________________

3 Meu pai fala demais quando está nervoso.

Advérbio: ____________________ Classificação: ____________________

4 Talvez eu não esteja mais aqui quando você chegar.

Advérbio: ____________________ Classificação: ____________________

5 Ande logo, porque vai começar a chover.

Advérbio: ____________________ Classificação: ____________________

6 Certamente, eu participarei da excursão.

Advérbio: ____________________ Classificação: ____________________

7 O caderno está embaixo da mesa.

Advérbio: ____________________ Classificação: ____________________

8 Hoje teremos um jogo importante.

Advérbio: ____________________ Classificação: ____________________

9 Ele nunca quer sair de casa.

Advérbio: ____________________ Classificação: ____________________

10 Decididamente, eu não voltarei aqui durante o inverno.

Advérbio: ____________________ Classificação: ____________________

11 A casa fica longe da praia.

Advérbio: ____________________ Classificação: ____________________

12 Para resolver tudo, faça assim.

Advérbio: ____________________ Classificação: ____________________

13 Quiçá eles chegarão a tempo...

Advérbio: ____________________ Classificação: ____________________

1. Escreva a **interjeição** mais adequada para completar cada frase:

1 ______________ Ainda bem que chegamos, estava cansada de tanto caminhar.

2 ______________ Hoje teremos sorvete de sobremesa.

3 ______________ Como você cresceu!

4 ______________ Não aguento mais esse barulho.

5 ______________ Alguém chame os bombeiros!

6 ______________ Você conseguiu a nota máxima.

7 ______________ Boa viagem, divirtam-se e mandem notícias.

8 ______________ Fale baixo, o bebê está dormindo.

9 ______________ Tenho nojo de barata!

10 ______________ Vamos escutar o professor!

2. Relacione as colunas segundo a classificação de cada **interjeição**:

A Dor.

B Alegria.

C Admiração.

D Chamamento.

E Advertência.

F Estímulo.

1 (___) Puxa! Vai começar o espetáculo, apressem-se!

2 (___) Olá! Tem alguém em casa?

3 (___) Cuidado! O chão está escorregadio.

4 (___) Viva! Vamos comemorar a sua vitória!

5 (___) Coragem! Falta pouco, você vai conseguir.

6 (___) Ai! Você pisou no meu pé!

1. Leia as frases e escreva nos espaços a palavra **meia** ou **meio**, conforme o caso:

1 A janela ficou _________ aberta, você não a fechou direito.

2 Minha mãe sempre serve o almoço no mesmo horário, meio-dia e _________.

3 Que bom! Estudantes pagam _________ entrada.

4 A menina andou no trem fantasma e ficou _________ assustada.

5 Estamos mesmo com fome, pois já comemos _________ pizza!

6 A atriz está _________ nervosa.

7 A cortina está velha, já está _________ rasgada.

8 Por favor, quero uma dúzia e _________ de ovos.

9 A vendedora não gostou da pergunta e ficou _________ desconfiada.

10 Quero uma pizza com dois sabores: _________ queijo, _________ atum.

2. Relacione as colunas corretamente, para formar frases:

ARTIGO	SUBSTANTIVOS	ADJETIVOS
1 O	A flor	I esquisito.
2 Os	B carros	J inteligentes.
3 As	C cachorro	K valiosas.
4 A	D estudantes	L estreita.
5 Um	E sujeito	M bravo.
6 Uns	F rua	N velozes.
7 Uma	G moedas	O bonitas.
8 Umas	H meninas	P perfumada.

1. Complete a fala das crianças escrevendo **mim** ou **eu**, conforme o caso:

1
Para ______, você é a mais bonita!

2
Você não irá sem ______.

3
Tem algum desenho para ______ pintar?

4
Leve aquele livro para ________?

5
Eles chegaram antes de ______.

6
Tem alguma história legal para ______ ler?

2. Complete o texto abaixo escrevendo nos espaços a palavra **mim** ou **eu**:

Ontem, minha mãe fez uma fornada de pão de mel para ________ vender na festa da escola. Ficaram tão gostosos, que guardei uns só para ______. Afinal, se eu vendesse tudo, não sobraria nenhum para _____ comer depois. E foi isso mesmo que aconteceu, vendi todos e, graças a ______, nossa barraca de doces foi um sucesso.

1. Complete as quadrinhas com a palavra **comprimento** ou **cumprimento**:

1 Vestido
longo ou curto,
não importa o
__________________ .
A moça sonha
acordada,
pensando
no casamento.

2 Alto lá,
soldado!
O que você
veio aqui fazer?
Ajudar,
capitão!
No
____
do meu dever.

3 Sempre
diga “bom dia”!
Porque a vida
fica mais bela
Com um
____
de alegria.

2. Leia o texto e escreva a palavra **comprimento** ou **cumprimento**, para completar os espaços:

Era dia de prova de Matemática. O professor entrou na sala de aula e acenou para os alunos fazendo um _________________. Pediu que todos pegassem a régua, pois precisariam dela para medir o _________________ das figuras geométricas que constavam no teste.
O professor distribuiu as provas e avisou que a turma teria 50 minutos para o ____________________ da avaliação. Antes que as crianças começassem a prova, o professor fez outro cordial __________________ desejando boa sorte a todos.

1. Escolha um dos **pronomes demonstrativos** abaixo para completar cada frase:

este • esta • estes • estas • esse • essa
esses • essas • aquele • aquela • aqueles • aquelas

1 Você pode pegar _________ lata lá em cima, por favor?

2 _________ pilha de roupa aqui está lavada e passada.

3 Aconteceu no verão passado, _________ foi o ano em que eu viajei para Portugal.

4 Agora _________ é um dos momentos mais felizes da minha vida.

5 _________ meninos querem falar com você.

6 _________ cadeira perto de você está ocupada?

7 _________ tempos atuais são de mudança na economia.

8 _________ são as minhas compras: uma blusa e um cinto.

9 Eu não vi o professor de português por _________ dias.

10 Por que você não pergunta para _________ guarda ali?

11 _________ noites mal dormidas prejudicam a sua saúde.

12 _________ meninas ali estudam inglês comigo.

2. Complete os espaços escrevendo a **conjunção** (**e** ou **ou**) adequada em cada frase:

1 Devo jantar ______ tomar banho agora?

2 Comprei um caderno ______ uma caixa de lápis de cor.

3 Você prefere viajar ______ ganhar seu presente em dinheiro?

3. Leia o texto e circule apenas os **pronomes demonstrativos**:

Aquele menino do outro lado da rua é o novo morador do bairro. Ele se mudou para cá este mês. Todos os dias, ele anda com aquela bicicleta nova. Ele tem esse jeito meio convencido, mas, na verdade, ele é muito simpático e amigo. Esta semana vou convidá-lo para conhecer aquelas pistas novas lá do parque.

1. Para completar as frases, escreva o pronome demonstrativo **aquilo**, **isso** ou **isto** correspondente a cada caso:

1 __________ foi explicado na aula passada.

2 _______ será explicado na aula de hoje.

3 __________ que eu falei ontem vai cair na prova.

4 _________ ali é seu!

5 _________ aí é meu!

6 _________ aqui é meu!

2. Complete as frases escrevendo nos espaços o **pronome demonstrativo contraído com a preposição a** adequado da lista abaixo:

àquele • àquela • àqueles • àquelas • àquilo

1 Essa bola é idêntica ____________ que eu perdi ontem.

2 Agradeço à minha família e __________ que sempre me apoiaram.

3 As doações são destinadas ____________ famílias mais carentes da comunidade.

4 Refiro-me _________ que estudamos ontem na aula de inglês.

5 Pergunte _________ homem de barba parado perto da padaria.

6 Por favor, professora, entregue estas coisas para as crianças: o livro pertence ____________ menina de azul e o blusão __________ menino loiro.

7 Ninguém deu muita importância ____________.

1. Escolha um dos pronomes **demonstrativos contraídos com a preposição em**, da lista abaixo, mais adequado para completar cada frase:

neste • nesta • nestes • nestas • nisto • nesse • nessa • nesses
nessas • nisso • naquele • naquela • naqueles • naquelas • naquilo

1 _________ época, o país prosperava e as indústrias cresciam.

2 Fomos muito felizes ___________ sítio que eu tinha.

3 Quero viajar com você _________ carro aqui.

4 Não acredito mais ___________ que você disse.

5 __________ tempos, meu pais ainda não tinham casa própria.

6 ________ ano que passou, nós tivemos muita sorte.

7 Eu adorava brincar _______ fazenda que era do meu avô.

8 Não pense _______, o que passou, passou.

9 Pense ________ agora, depois, pode ser tarde.

10 Não confio ___________ meninas, elas já mentiram para mim antes.

2. Conheça, na lista abaixo, as principais **conjunções**. Depois, use a conjunção que melhor se encaixa para reescrever as orações formando uma só:

e • ou • nem • mas • todavia • contudo • entretanto • porém
por isso • porque • então • portanto • logo • pois • ora

1 Álvaro vai à festa temática. Álvaro comprou uma fantasia.

____

2 Ana perdeu a primeira aula. Ana estava dormindo.

____

3 Paulo ganha mesada. Paulo ajuda nas tarefas de casa.

____

4 Arthur treinou basquete arduamente. Arthur venceu o campeonato.

____

1. Leia a história abaixo com atenção. Depois, encontre e marque os **pronomes demonstrativos contraídos com a preposição de**:

Um novo visual

Eu não gostava nem um pouco do meu cabelo. Ele não me obedecia. Eu penteava a franja deste lado e ela sempre ficava daquele lado. Eu usava um daqueles hidratantes poderosos, mas logo meu cabelo ficava rebelde e enrolava todo, como se tivesse vontade própria.

Na escola, eu ficava olhando para o cabelo daquelas meninas mais populares, com fios longos, lisos, soltos... Parecia que elas tinham acabado de sair de um desses salões de beleza bem famosos.

Eu ficava assim, meio tristinha e acabava fazendo um desses coques bem sem graça.
Até que um dia, minha mãe me levou em um salão bem legal, daqueles que são especialistas em cabelos encaracolados. Quando cheguei, conversei com uma das cabeleireiras. Ela me mostrou uma revista com vários cortes diferentes e sugeriu um deles:

– É disto que você precisa, um corte ousado!

Eu topei na hora. Saí de lá linda e muito feliz com o meu novo visual. Daquele dia em diante, prometi para mim mesma que meu cabelo não seria mais um problema, nunca mais faria disso um drama e começaria a aproveitar a beleza dos meus cachos!

2. Escreva todos os pronomes **demonstrativos contraídos com a preposição de** encontrados no texto:

___

___

___

___

RESPOSTAS

Página 3: 1. 0,01; 0,25; 0,73; 0,8; 0,9. **2.** 1; 0,95; 0,80; 0,75; 0,50; 0,25; 0,18, 0,15; 0,12; 0,10. **3.** 0,13; 0,25; 0,30; 0,38; 0,45; 0,60; 0,77; 1; 1,8; 2. **4.** A- 5/10; B- 3/10; C- 25/100; D- 8/10; E- 45/100; F- 12/100; G- 1/5; H- 2/5; I- 3/5; J- 75/100; K- 3/100.

Página 4: 1. A- 1,4; B- 1; C- 1,5; D- 0,8; E- 2,3; F- 2,4; G- 5; H- 4,3; I- 12,9; J- 11,8; K- 13,6; L- 11,2; M- 20,7; N- 25,8; O- 30; P- 100; Q- 75,9; R- 55,2.

Página 5: 1. A- 4,2; B- 4,3; C- 18,9; D- 16,6; E- 38,4; F- 95,2; G- 87,5; H- 318,2; I- 114,14; J- 100,34; K- 50,94; L- 244,1; M- 111,7; N- 4,61; O- 45,522; P- 26,3; Q- 11,908; R- 19,547.

Página 6: 1. A- 0,3; B- 0,8; C- 1,6; D- 2,1; E- 1,8; F- 2,2; G- 3,6; H- 30,8; I- 15,2; J- 10,4; K- 23,2; L- 71,176; M- 55,953; N- 20,114; O- 15,38; P- 28,55; Q- 15,274; R- 24,286.

Página 7: 1. A- 5/100, 0,05; B- 8/100, 0,08; C- 12/100, 0,12; D- 15/100, 0,15; E- 25/100, 0,25; F- 34/100, 0,34; G- 42/100, 0,42; H- 56/100, 0,56; I- 81/100, 0,81; J- 63/100, 0,63; K- 48/100, 0,48; L- 95/100, 0,95. **2.** A- 80%. B- 20%. C- 50%. D- 20%. E- 50%. F- 15%. G- 3%.

Página 8: 1. A- 80, B- 7, C- 25, D- 40.

Página 9: 1. A- 5.000 m, B- 10.000 m, C- 50.000 m, D- 100.000 m, E- 8.500 m, F- 20.250 m, G- 9.672 m, H- 80.654 m, I- 9.786 m, J- 250.000 m, K- 1.961 m, L- 19.540 m. **2.** A- 1.000 cm, B- 2.500 cm, C- 1.800 cm, D- 1.500 cm, E- 182 cm, F- 164 cm, G- 242 cm, H- 3.055 cm, I- 5.300 cm, J- 394,5 cm, K- 50 cm. **3.** A- 150 mm, B- 130 mm, C- 240 mm, D- 500 mm, E- 15,8 mm, F- 19 mm, G- 45 mm, H- 153,5 mm, I- 1.200 mm, J- 19,87 mm, K- 5 mm, L- 1.335 mm.

Página 10: 1. A- 3.000 ml, B- 10.000 ml, C- 22.000 ml, D- 150.000 ml, E- 1.500 ml, F- 4.250 ml, G- 35.500 ml, H- 550.800 ml, I- 13.000 ml, J- 208 ml, K- 5.000 ml, L- 133,3 ml. **2.** A- 4.000 g, B- 20.000 g, C- 10.000 g, D- 19.000 g, E- 500 g, F- 50 g, G- 9.500 g, H- 12.250 g, I- 14.500 g, J- 750 g, K- 1.750 g. **3.** A- 8 kg, B- 6,5 l, C- 200 m, D- 19 kg, E- 15.000 g, F- 340 cm, G- 10,5 km, H- 2,10 m, I- 68.000 ml, J- 1,5 l, K- 8,73 kg, L- 987 g, M- 87.500 cm; N- 5.000 mm; O- 2,74 m; P- 185 km.

Página 11: 1. A- 2,4; B- 3,5; C- 8,5; D- 7,5; E- 12,6; F- 17,2; G- 11,75; H- 1,28; I- 6,25; J- 2,05; K- 1,4; L- 2,05; M- 2,2; N- 8,8; O- 7,8; P- 4,5; Q- 23; R- 41.

Página 12: 1. A- 85; B- 108; C- 243,5; D- 554,23; E- 8,7; F- 91,67; G- 1,2; H- 175. **2.** A- 720; B- 1.240; C- 3.630; D- 5.542,3; E- 1.145; F- 10,2; G- 1.791; H- 56,5. **3.** A- 2.300; B- 72.600; C- 420; D- 525; E- 231.500; F- 1.200; G- 37.340; H- 8.

Página 13: 1. A- 1,25; B- 3,62; C- 1,924; D- 0,045; E- 21,08; F- 0,93; G- 0,17; H- 3,76. **2.** A- 0,045; B- 0,162; C- 0,507; D- 9,418; E- 0,742; F- 1,846; G- 0,985; H- 0,0535. **3.** A- 0,0074; B- 0,0168; C- 0,6905; D- 0,0008; E- 0,0736; F- 0,1358; G- 12,005; H- 0,08956.

Página 14: 1. A- 4/5, B- 6/8, C- 8/6, D- 9/4, E- 12/7, F- 9/3, G- 11/12, H- 14/12, I- 11/10, J- 11/24; K- 7/5, L- 6/7.

Página 15: 1. A- 3/6, B- 2/9, C- 1/8, D- 2/15, E- 1/3, F- 1/12, G- 13/14, H- 7/20, I- 1/15, J- 17/28, K- 59/110, L- 3/12 = 1/4.

Página 16: 1. A- 1/8, B- 6/35, C- 2/15, D- 8/18 = 4/9, E- 20/120 = 1/6, F- 16/30 = 8/15, G- 7/6, H- 42/42 = 1, I- 40/27, J- 27/28, K- 33/20, L- 80/24 = 10/3.

Página 17: 1. A- 4/9, B- 4/6 = 2/3, C- 14/15, D- 30/45 = 2/3, E- 40/60 = 2/3, F- 18/20 = 9/10, G- 18/12 = 3/2, H- 15/8, I- 132/77 = 12/7, J- 12/12 = 1, K- 72/15 = 24/5, L- 28/6 = 14/3.

Página 18: 1- R$ 210,00. 2- 116 alunos. 3- 100 picolés de chocolate e 75 picolés de uva. 4- 261 pastéis de palmito.

Página 19: 1- 14,195 km. 2- 1,37 m. 3- 1,52 m. 4- 3,70 m.

Página 20: 1- 4,500 kg. 2- 96,2 kg. 3- 2,750 kg. 4- 2,400 kg.

Página 21: 1- 119,5 l. 2- 33,5 l. 3- 3 l de leite e 500 ml de leite de coco. 4- 5 copos.

Página 22: 1- R$ 13,75. 2- R$ 50,40. 3- 10.800 canetas. 4- 3 pessoas.

Página 23: 1- 20 páginas. 2- R$ 357,50. 3- 5 dias. 4- 3/4 do casaco.

Página 24: 1- 2 horas. 2- 16,25 cm. 3- R$ 19,90. 4- R$ 5,25.

Página 25: 1- R$ 27.300,00. 2- 235,75 km. 3- 4,300 kg. 4- 20 potes.

Página 26: 1- 63 dias. 2- 15 pratos. 3- 32,20 l. 4- R$ 4,50.

Página 27: 1- 120 km. 2- 4.500 m. 3- 96 laranjas. 4- R$ 488,25.

Página 28: 1- R$ 578,00. 2- R$ 12,40. 3- R$ 6.465,00. 4- 285 l.

Página 29: 1- 23 bolos. 2- 1.722 l. 3- R$1.820,00. 4- Estela, porque leva menos tempo para fazer o mesmo percurso.

Página 30: 1- 12º andar. 2- 10º mês. 3- 7º lugar. 4- 11º vagão.

Página 31: 1- 40 dias. 2- 650 g. 3- 6 copos. 4- 3,8 l.

Página 32: 1- 115 jogos de videogame. 2- 550 mulheres. 3- 98 minutos. 4- R$ 15,40.

Página 33: 1- R$ 102,00. 2- 7 pacotes.

Página 34: 1. 1- existem; 2- faz; 3- existem; 4- faz ,existem; 5- Existe; 6- faz ; 7- Existem; 8- Existe.

Páginas 35 e 36: 1- O sapato. 2- A cerca. 3- O botão. 4- O alho. 5- O cravo. 6- O vento. 7- O tempo. 8- A sombra. 9- O piolho. 10- A letra V. 11- A caixa de fósforos. 12- A letra L. 13- O serrote. 14- A letra I.

Página 37: A ordem numerada dos trechos, de cima para baixo: 3, 1, 2, 5, 4.

Páginas 39 e 40: 1- vemos. 2- puseram. 3- trouxe. 4- pôs. 5- fizeram. 6- dei. 7- vieram. 8- viemos. 9- demos. 10- vê. 11- viram. 12- foram.

Página 42: 1. 1- coração – oxítona; palácio – paroxítona; 2- parentes – paroxítona; águas – paroxítona; 3- besouro – paroxítona; também – oxítona; ninguém – oxítona; 4- árvore – proparoxítona; pendurado – paroxítona; música – proparoxítona; 5- agora – paroxítona; estrada – paroxítona; pensamento – paroxítona; 6- farmácia – paroxítona; ausência – paroxítona; paciência – paroxítona.